AF315982

BIBLIOGRAPHIE

Le Mystère des Trois Doms

Joué à Romans en MDIX, publié d'après
le manuscrit original avec le Compte de
sa composition, mise en scène et représentation et des documents relatifs aux
représentations théâtrales en Dauphiné, du XIVe au XVIe siècle,

PAR

FEU PAUL-ÉMILE GIRAUD

Ancien député, ancien correspondant
du ministère de l'Instruction publique

ET

ULYSSE CHEVALIER

Chanoine honoraire, membre non résidant
du Comité des travaux historiques.

Lyon, Auguste Brun, 1887, in-4° de CXLVIII-928 p.

Les érudits seront heureux d'appren-
dre la publication de ce drame, tout à la
fois naïf et curieux, qui remonte au XVIe
siècle et dont le manuscrit a été décou-
vert il y a quelques années seulement.
Cette nouvelle, nous aimons à le croire,
ne réjouira pas moins nos lecteurs, avi-
des de tout ce qui est de nature à leur
faire connaître l'histoire de Romans.
Notre compte-rendu, bien faible auprès
de l'œuvre magistrale de nos compa-

triotes, en donnera cependant, nous l'es-
pérons, une idée suffisante.

Le volume comprend, pour ainsi dire,
trois parties : l'introduction ; le Mystère
proprement dit, suivi du compte de sa
composition, mise en scène et représentation ; les documents relatifs aux représentations théâtrales en Dauphiné de
1365 à 1541.

L'introduction, que nous citerons parfois textuellement, retrace, jusque dans
ses moindres détails, l'histoire du *Mystère
des Trois Doms*. Elle est divisée en dix
chapitres. Le premier relate les mentions
que divers auteurs ont fait de ce drame
poétique antérieurement à son exhuma-
tion et le jugement défavorable, pour ne
pas dire dédaigneux, qu'en portait, en
1787, un romanais caché sous le voile de
l'anonyme : ne serait-ce pas M. Dochier ?

Le second raconte « dans quelles cir-
constances fut décidée et menée à bonne
fin la représentation d'un mystère à
Romans en 1509 ; quelles furent les
causes déterminantes de la résolution
prise à cet égard par le clergé et le peu-
ple de la ville ». Cette raison doit être
recherchée d'abord « dans l'entraînement
passionné avec lequel on suivait les péripéties de ces drames, où la vie d'un
saint, un miracle de Notre-Dame, la
passion du Christ étaient retracés, et
dont l'audition constituait un des bonheurs
le plus généralement goûtés et le plus
profondément sentis » par nos popula-
tions méridionales. Mais, à cette cause

générale, s'ajouta la délivrance miracu-
leuse de la cité alors ravagée par la peste.
C'était donc une dette de reconnaissance
que les Romanais, délivrés d'un danger
imminent, voulaient acquitter envers
leurs glorieux protecteurs, Séverin, Exupère et Félicien. Le lecteur ne parcourra
pas, sans un vif intérêt, les pages rela-
tives au terrible fléau qui, à diverses
reprises, désola notre ville aux xvᵉ et
xvıᵉ siècles. Une foule de documents du
temps « débarrassés de toute phraséolo-
gie inutile », reproduits en note, confirment
les faits rapportés dans le texte et les
rendent indubitables.

Dans le troisième chapitre nous faisons
connaissance avec les auteurs du Mystère,
le chanoine Siboud Pra (ou du Pré, *de
Prato*) et maître Antoine Chevalet. Pra
n'est pas de la pléiade de ceux dont le
nom a « traversé les siècles avec une
auréole de glorieuse notoriété. C'était
toutefois un des personnages considéra-
bles de la ville de Grenoble » qui, outre
son talent de poète, avait la réputation
de calligraphe distingué. Chevalet, au
contraire, eut, même de son vivant, une
certaine célébrité. On lui doit bon nombre de mystères et autres pièces de circonstance ; il nous suffira de citer le
mystère des *Trois Martyrs Félix, Fortunat et Achillée*, joué à Valence en
l'an 1500, et celui de *Saint-Christophe*,
représenté à Grenoble en 1527 : on sait
que ce dernier a eu l'honneur de l'impression en 1530.

Les membres du Chapitre de Saint-Barnard, les consuls et plusieurs habitants notables de Romans, réunis en assemblée générale le 4 juillet 1508, avaient donné mission au chanoine Pra de faire le *livre* du *jeu* des Trois Martyrs et lui avaient assigné, à titre d'honoraires, une somme de 150 florins par mois, sans compter 12 florins pour sa dépense personnelle à Romans et celle de son clerc ou secrétaire.

Pra s'inspira naturellement des données qui avaient cours à son époque : il les trouva consignées dans le Bréviaire de la collégiale de Saint-Barnard. Dans le neuvième chapitre, M. le chanoine Chevalier remontant le cours des âges donne la filiation des diverses parties de cette légende. A son avis, la source la plus ancienne serait les quelques lignes que l'on trouve, à la date du 19 novembre, dans le martyrologe d'Adon. Insérées avec une légère modification dans celui d'Usuard, elles ont passé intégralement dans le catalogue des saints rédigé par Pierre de Natali en 1372 et de là, dans le martyrologe romain de Baronius, promulgué par Grégoire XIII en 1584. Une inscription relative à la translation à Romans des reliques des trois martyrs est de la plus haute importance ; elle se compose de 14 vers hexamètres attribués par M. de Terrebasse à Florus, diacre de l'église de Lyon au ixe siècle.

Le chanoine Grenoblois se mit résolument à l'œuvre ; puis, la composition du drame n'avançant pas au gré des commissaires romanais, ces derniers lui adjoignirent pour collaborateur Claude Chevalet qui, après un séjour d'une semaine à Romans, reprit le chemin de Vienne sans avoir rien fait. Plus tard, on eut de nouveau recours à lui pour une révision générale du manuscrit des Trois Doms.

A ces deux noms, il convient d'en adjoindre un troisième : celui du peintre François Thévenot, d'Annonay, qui fit les *feintes*. Thévenot figure à bien des reprises dans les annales romanaises ; du reste, ce n'était pas un mauvais artiste et les nombreux travaux qu'on lui commandait témoignent assez de son talent. Pour le seconder, les commissaires chargés de la surveillance de l'œuvre voulurent lui donner un aide dont le nom ne nous a pas été conservé. Ils le firent venir de Vienne ; mais, comme maître François promit de suffire seul à sa tâche, « le nouveau venu fut remercié et la ville en fut pour les frais de voyage ».

Les travaux de charpente avaient été adjugés à prix fait à trois *chappuis* de Romans : Jean Lambert, dit Caffiot, Jean Roux et Pierre Pérart. Avec l'assentiment des religieux Cordeliers on construisit le théâtre dans la cour de leur couvent. Ce local, qui forme aujourd'hui une partie de la place dite des Cordeliers, était alors fermé au couchant et au midi par de hautes murailles, borné au nord par un coteau, au levant, par le couvent et l'église de Saint-François. Spacieux et isolé du tumulte, il était des plus favorables au but proposé. La plate-forme du théâtre qui mesurait 18 toises de long sur 9 de large dut être élevée vers le côté méridional, dans le sens de la longueur de la cour, pour offrir simultanément tous les lieux où les péripéties de l'action pouvaient conduire les personnages : paradis, enfer, temples, palais, places publiques, villes et campagnes. Ce moyen permit de moins éloigner les spectateurs de la scène, en face de laquelle, c'est-à-dire vers le nord, tout à l'entour et sur une profondeur de six toises, s'élevaient les échafauds. Au dessus des *pentes* et comme couronnement de l'amphithéâtre, régnaient quatre-vingt-quatre chambres ou loges, fermant à clef ; on y parvenait par un escalier donnant sur une galerie, aux deux bouts de laquelle était un *retrait*. Ces loges furent louées pour toute la durée de la représentation et produisirent une somme de 237 florins. La plate-forme était cantonnée de quatre tours, dont trois figuraient les parties du monde alors connues et la quatrième une prison. Au milieu se trouvaient les trois villes de Rome, Lyon et Vienne, où se passaient les principaux évènements ; au levant, mais à un niveau plus élevé, était le paradis ; au couchant et plus bas, l'enfer.

La majeure partie des pièces en fer nécessaires aux mouvements des machines sortit des ateliers d'un mécanicien romanais, maître Amieu (Aimé) Grégoire ; « mais celles d'une exécution plus difficile furent l'œuvre de Jean Rosier, horloger d'Annonay, que son compatriote François désigna sans doute au choix des commissaires ».

Enfin tout étant disposé, après une exhibition partielle nommée *montre* et une répétition générale suivie d'un dernier remaniement du texte, eut lieu la représentation si vivement attendue. Elle dura trois jours consécutifs, les dimanche, lundi et mardi de la Pentecôte, 27, 28 et 29 mai 1509. L'effet produit fut immense et dépassa toute attente. Les spectateurs accourus de toutes les contrées voisines, — au nombre de près de cinq mille le dernier jour, — ne tarirent pas d'éloges sur le théâtre et ses acteurs. Au dire du juge royal Louis Périer, ceux-ci éblouirent les assistants par la richesse de leur costume, et le public estima à cent mille écus et plus leurs bagues et pierreries.

L'orchestre était assez maigre : quatre trompettes amenés à grands frais de Valréas et quatre tambourins recrutés dans la ville en faisaient l'office.

Parmi les quatre-vingt-dix-huit personnages de la pièce (sans compter les trente-six de la translation, qui ne fut pas jouée faute de temps), on voyait la Sainte-Vierge, Dieu-le-Père, les trois Martyrs, Jupiter, Proserpine, l'empereur Sévère et sa femme, trois sénateurs romains, des pages, Lucifer et Satan, les parents des trois Martyrs, des évêques, des persécuteurs, nommés Brise-Barre,

Ferragus, Mache-Bourre, etc., etc. Les acteurs appartenaient aux premières maisons de la ville : ecclésiastiques et séculiers, nobles et bourgeois s'étaient fait un devoir et un point d'honneur d'y remplir quelque rôle. Les noms et surnoms de tous figurent après le texte de la pièce, et, grâce à une foule de notes de l'éditeur, on possède une biographie de presque chacun d'eux.

La représentation fut suivie d'une procession ; on rapporta à l'église de Saint-Barnard les reliques des Martyrs qui avaient figuré sur le théâtre. Un *Te Deum* solennel termina la fête.

La dépense totale , supportée moitié par la ville, moitié par le chapitre de Saint-Barnard et la chapelle Saint-Maurice, s'éleva à 1,737 florins, somme qui, d'après des calculs (p. LXXXIV-VIII) dont nous ne pouvons donner ici que le résultat, équivaudrait à 22,120 francs de notre monnaie actuelle. La recette monta seulement à 738 florins, de sorte qu'il y eut une différence en moins de 999 florins, soit 12,717 francs ; encore, faut-il ajouter que le costume fut laissé à la sollicitude des acteurs et aux frais de chacun d'eux.

Il serait trop long de donner ici une analyse même succinte des sept actes et des nombreuses scènes du mystère. Ceux qui n'oseront pas aborder la lecture de ces 11,289 vers, — s'en trouvera-t-il qui aient ce courage ? — en ont à leur disposition un résumé exact et suffisant dans le chapitre sixième de l'introduction (p. LIX-LXXIV).

Le septième apprécie les *Trois Doms* au point de vue littéraire et moral. Tout ce que l'érudition a dit de la valeur des mystères en général s'applique parfaitement à celui des martyrs Séverin, Exupère et Félicien en particulier. « Faiblesse du plan, enchevêtrement des faits, prolixité fastidieuse, manque de goût, négligences de style, anachronismes singuliers, tout cela s'y trouve successivement ou même à la fois. L'expression surtout atteint souvent la grossièreté la plus odieuse.

« Pra ne s'était pas fait faute d'user de locutions mieux faites pour réjouir les basses classes que pour charmer les délicats. Chevalet se garda bien d'émonder ces trivialités choquantes ». Si l'on observe que c'est dans les meilleures intentions, pour exciter la piété des fidèles et honorer les saints martyrs que cette représentation eut lieu, on conviendra, avec un auteur, qu' « il y a des époques et des gens qui bravent l'honnêteté dans les mots en l'observant dans les actions, tout comme ont voit des sociétés et des personnes très pudibondes sans être pudiques ».

Il faut cependant rendre justice au *Mystère des Trois Doms*. Tout à côté de scènes parsemées de mots de la rue, « on rencontre des formules d'exquise politesse, qui touchent même parfois à l'obséquiosité ».

« Au point de vue littéraire, l'œuvre du chanoine Pra offre quelques passages qui tranchent avec bonheur sur le fond languissant et monotone du drame. On n'y trouve pas de scène irréprochable ; mais, il en est qui sont heureuses par certains côtés ». Il est même « d'heureuses trouvailles d'expressions » qui forment d'agréables saillies au milieu des nombreuses platitudes qui les entourent.

Le dernier historien du théâtre en France, M. Petit de Julleville, reconnaît que nous avons sur la représentation du Mystère des Trois Doms des détails qu'on ne possède « sur aucun autre ». Le Compte qui les fournit est « un mémoire du temps, où sont rapportés jour par jour les arrangements pris, les marchés passés, les sommes payées ou reçues pour la composition, la mise en scène et la représentation du drame. On y trouve son auteur ou plutôt ses auteurs, le peintre décorateur, le machiniste, les salaires qui leur sont alloués, le prix et le produit des places pendant les trois journées, ce qui permet d'en déduire exactement le nombre des spectateurs ; en un mot, la dépense et la recette y sont si minitieusement rappelées, qu'on peut calculer, on aurait dit alors à une maille et aujourd'hui à un centime près, tous les frais d'une semblable entreprise. Le mémoire prend l'œuvre, sous le rapport pécuniaire et matériel, à sa naissance, la suit dans tous ses détails et la conduit à son dénouement. C'est à la fois le budget et le compte de la pièce des Trois Doms. A ce titre, il offre plus qu'un simple intérêt de localité ; il peut être considéré comme un document pour l'histoire de l'art ».

Comme ce compte, établi par le consul Jean Chonet, devait être soumis à l'appréciation de gens fort peu lettrés, il fut rédigé en langue vulgaire du pays, bien qu'on se servît encore à cette époque du latin dans la rédaction des délibérations municipales, usage qui ne fut abandonné qu'en l'année 1510. Par là on peut se former une idée assez exacte de la manière dont s'exprimait alors à Romans la partie moyenne de la population.

Ce qui ajoute au prix du Mystère des Trois Doms, « c'est l'ensemble des textes relatifs aux représentations théâtrales en Dauphiné imprimés à sa suite et qui apportent un contingent considérable à l'étude générale de la littérature dramatique au moyen âge ». Ces documents ne comprennent pas moins de 270 pages (645-915), dont Romans occupe 123 (708-831) pour sa part. Cela s'explique aisément, « car, dit M. Petit de Julleville, il n'y eut peut-être pas une seule ville au moyen âge qui n'entreprit de jouer des mystères ».

Les représentations théâtrales connues entre 1365 et 1541 sont de deux sortes : les mystères proprement dits, sorte de drames liturgiques destinés à rehausser l'éclat des solennités de l'Eglise, et les pièces de circonstance dont la venue d'un grand personnage, empereur, roi, évêque ou gouverneur, était l'occasion. Dans un espace d'un peu moins de deux siècles, on compte plus de trente-cinq pièces du premier genre (dont huit représentées à Romans), et un nombre supérieur de pièces du second.

Parmi les premières, il y a lieu de signaler la *Passion et la Résurrection de de Notre-Seigneur Jésus-Christ*, par maître Jean Gorio, dit Galaot, représentée à Vienne dans le cimetière de l'abbaye de Saint-Pierre, à la Pentecôte de l'an 1400 ; le *Mystère de Sainte-Catherine*, par Antoine Alard, joué à Montélimar en 1453 ; celui de *Saint-Jean-Baptiste*, représenté en 1487 à Valence, et en 1500 celui des *Trois Martyrs Félix, Fortunat et Achillée* : l'auteur de ce dernier, comme on l'a déjà vu, était Claude Chevalet, qui fit aussi le fameux mystère de *Saint-Christophe*, annoncé pour 1527 à la Pentecôte, mais dont la représentation n'eut lieu en réalité, que le dimanche de la Trinité et les trois jours suivants, sur la place des Cordeliers, à Grenoble. Le 31 mai 1506, les moines de l'abbaye de Saint-Pierre à Vienne, avec le concours des consuls, donnent en représentation le mystère de la vie des *Saints Zacharie et Phocas*. Dans la même ville, en 1510, le *jeu* de la *Passion* fut représenté dans le jardin de l'abbaye de Saint-Pierre : en dépit de son titre, ce mystère, qui dura neuf jours, embrassait la vie toute entière de Notre-Seigneur, de l'Annonciation à l'Ascenssion. Die eut aussi ses représentations, le mystère du *Chevalier qui avait donné sa femme au diable* en est un exemple.

Dans cette dernière partie de l'édition

des *Trois Doms*, une foule de notes,—nous n'en avons pas compté moins de 591, — souvent très développées, fournissent de précieux renseignements sur les personnages cités dans les textes. Là, c'est Jean d'Épinay, trésorier de Rennes et conseiller du roi, choisi le 14 novembre 1491, pour succéder, sur le siège épiscopal de Valence et Die, à Antoine de Balzac, mort au prieuré d'Ambierle, le 4 novembre de la même année; puis Jean, fils de Gaston IV, comte de Foix; Philippe, fils de Louis de Savoie, et Aimar de Poitiers, seigneur de Saint-Vallier. Ailleurs, c'est Laurent Ier Alleman, successivement évêque de Grenoble et d'Orange pour être enfin restitué à son premier siège, le 8 mars 1484; le document qui occasionne cette dernière note fixe l'époque où Laurent Ier résigna son évêché à son neveu, du même nom que lui; une autre nous apprend que ce dernier partit, après les funérailles de son oncle, pour Toulouse où il prit possession de l'abbaye de Saint-Sernin. Plus loin, c'est Guillaume Gouffier; Jacques Gélu; Jacques de Montmaur; Geoffroy le Meingre, dit Boucicaut; Henri, seigneur de Sassenage; Raoul de Gaucourt; Jean Girard; Jean de Poitiers, successeur de Geoffroy Vassal sur le siège de Vienne; Amédée IX, fils du duc de Savoie; Louis de Laval; Louis de Poitiers; Antoine de Poisieu; Galéas-Marie Sforza; Jean d'Armagnac; Guy de Poisieu; Jean de Daillon; Frédéric d'Aragon; Philippe II, duc de Savoie; etc.

Les notes les plus curieuses se rapportent au passage de divers princes à travers le Dauphiné. Deux d'entre elles ont même pris un tel développement que l'auteur s'est vu contraint de renvoyer à l'introduction les itinéraires des empereurs Charles IV et Sigismond. Le premier de ces monarques partit de Prague, capitale de son royaume de Bohême, peu à près le 7 avril 1365, pour se rendre, à la tête de 800 chevaux, auprès du pape Urbain V, à Avignon ; dès le 8 mai on faisait des préparatifs pour le recevoir à Romans, où il « entra le 16 ou le 17 par la porte de l'Aumône (aujourd'hui de Jacquemart) et descendit à la maison archiépiscopale » ; à son retour il passa encore par notre ville pour revenir dans ses États. Le second quitta Constance, le 18 juillet 1415, se dirigeant vers Narbonne, au nom du concile œcuménique, auprès de l'antipape Benoît XIII ; il arriva à Romans, le dimanche 4 août, se rendit le même jour en pèlerinage à Saint-Antoine et revint dîner le lendemain dans notre ville : la première arche du pont sur l'Isère était alors en construction et on dut jeter à la hâte un tablier en bois pour le passage de ses voitures. Sigismond passa de nouveau à Romans en janvier 1416.

Ces deux itinéraires, presque constamment établis à l'aide de sources de première main, indiquent, jour par jour, les localités dans lesquelles les deux empereurs et leur cortège ont séjourné ou simplement passé ; rédigés d'après les règles de cette critique sûre et sévère que l'on reconnaît à M. le chanoine Chevalier, ils seront indispensables aux futurs historiens des deux princes allemands ; dès maintenant celui de Charles IV constitue un important complément aux récents *Régestes* de Bœhmer.

Il y aurait encore lieu de signaler, bien que de moindres proportions, les itinéraires de Philippe le Hardi, duc de Bourgogne ; du roi de France, Charles VII ; du roi René, duc d'Anjou ; du duc de Savoie, Philibert Ier le Chasseur, neveu de Louis XI ; de Philippe le Beau, archiduc d'Autriche. Pour ce dernier, on trouve reproduit un bien curieux extrait du récit de son voyage, par Antoine de Lalaing, seigneur de Montigny.

Pour ne rien omettre, indiquons à la fin du volume un *Index onomastique* ou table des mots de basse latinité et d'ancien français, qui n'occupe pas moins de 22 colonnes. Il ne comprend cependant pas le Mystère lui-même, où les nécessités du mètre et de la rime ont amené une foule de mots qu'il serait téméraire d'introduire sur cette seule autorité dans les lexiques.

Le livre des *Trois Doms* nous charme par la splendeur de son exécution matérielle. Jusqu'à présent, ce que nous avions de mieux en ce genre, était le *Mystère du siège d'Orléans*, par MM. Guessard et E. de Certain ; mais, M. Giraud et M. le chanoine Chevalier ont éclipsé leurs émules du Nord. L'on ne saurait trop admirer un

si bel emploi de leur savoir et de leur
érudition, ni assez les féliciter d'avoir pu
assurer la beauté de leur travail com-
mun en le confiant aux presses de M.
Paul Hoffmann qui, cette fois encore, a
déployé l'habileté qu'il avait déjà mon-
trée pour l'impression du *Répertoire des
sources historiques du moyen âge*. L'œil
se repose avec complaisance sur ce pa-
pier fort et blanc, sur ces belles marges,
sur ces caractères d'un goût artistique et
pur; l'on aime à voir les souvenirs d'un
passé laborieux ainsi conservés et consa-
crés sous une forme qui témoigne de la
patience des auteurs et fait bien augurer
de la durée de leur œuvre.

L. C.

ROMANS. — IMP. R. SIBILAT ANDRÉ.

9 782019 305581